吉男的探索事件簿 8

机器人诞生之路

（日）浅利义远　著

黄呈澄　译

福建科学技术出版社

著作权合同登记号:图字 13－2003－46

TITLE:[まんがサイエンス](全 8 卷)

　　by[あさりよしとお]

Copyright:ⓒ YOSHITOH ASARI

Original Japanese language edition published by Gakken Co.,Ltd.

All rights reserved,including the right to reproduce this book or portions thereof in any form without the written permission of the publisher.

Chinese translation rights arranged with Gakken Co.,Ltd.,Tokyo through Nippon Shuppan Hanbai Inc.

本书中文版经日本国株式会社学习研究社正式授权福建科学技术出版社在中国内地出版、发行。

图书在版编目(CIP)数据

　　吉男的探索事件簿 8，机器人诞生之路/（日）浅利义远著；黄呈澄译. —福州：福建科学技术出版社，2005.1

　　ISBN 7-5335-2482-9

　　Ⅰ.吉… 　Ⅱ.①浅…②黄… 　Ⅲ.自然科学—少年读物②机器人—少年读物 　Ⅳ.N4-49

　　中国版本图书馆 CIP 数据核字（2004）第 097636 号

书　　名	吉男的探索事件簿 8	
	机器人诞生之路	
作　　者	（日）浅利义远	
译　　者	黄呈澄	
出版发行	福建科学技术出版社（福州市东水路 76 号，邮编 350001）	
经　　销	各地新华书店	
制　　版	福建新华印刷厂	
印　　刷	福建新华印刷厂	
开　　本	880 毫米×1230 毫米　1/32	
印　　张	6.125	
图　　文	192 码	
版　　次	2005 年 1 月第 1 版	
印　　次	2005 年 1 月第 1 次印刷	
书　　号	ISBN 7-5335-2482-9/Z・87	
定　　价	13.80 元	

书中如有印装质量问题，可直接向本社调换

目　录

活跃的机器人

当我有意识时,就发现自己已经在这条街上了……

我也不知道要做什么好……

迷路的机器人啊……

是的,不过,我只知道一件事。

吉男!

我知道你的名字,还有你的家人!

是吗?

但是,我好像没有买过机器人……

也不知道有像你这样的机器人呀!

如果你不是我主人的话……

难道你是我爸爸？

不对！不对！

我怎么会做出你这种机器人呢！！

那,是我妈妈吗？

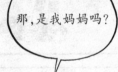

是啊……

怎么可能啊！！

啊，
不过……

如果我们去制造机器人的
地方一个一个地找……

那就会知道你是
从哪来的了！

虽然不是我，

但是一定有制造你的
人，他一定在某个地方。

对呀！

你太聪明了，

吉男！这样我来这
里就有意义了！

太好了！

我们这就去找制造
机器人的地方。

好喽！

你怎么了，

吉男？

……

机器人会是在
哪儿制造出来
的啊？

我们没有目标就出去吗？

我姐姐住在附近，我们可以先问她。

不错。

我们可以去听听建议。

等一下！

这样伪装一下，应该不那么明显了吧……

長原

机器人？

你们想了解些什么？

嗯……

这个嘛……

嗯，

把你知道的全部告诉我们吧！

"机器人"这个名字，最先是在1920年，出现在捷克剧作家恰佩克的作品《罗素姆万能机器人》(简称R.U.R)中。

R.U.R……《罗素姆万能机器人》 这个故事里的"机器人"叫做"robot"，它在捷克语里的意思是"强迫它劳动"……

是被强迫代替人们劳动的机器人的名字。

强迫它们劳动吗?!

那是故事里讲的。

现在，把代替人们工作的机器都叫做"机器人"。

是那样的吗？

那我就放心了。

啊？

那么，

现在有哪些机器人呢？

有好多呢！

其中最多的……

应该是这种吧。

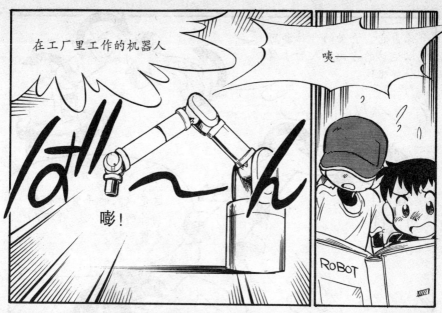

你看它，会动的部位和可以运动的方向和人的手臂一样吧！

这是以人的手臂为模型制作的机器人，作用和手臂一样。

只有手臂的机器人？

为什么只有手臂啊？

工厂流水线上的东西都是移动着的，对吧？

所以，机器人不用走动就可以完成工作了。

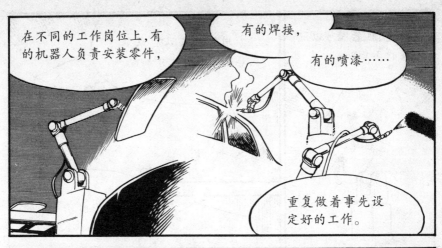

在不同的工作岗位上,有的机器人负责安装零件,

有的焊接,

有的喷漆……

重复做着事先设定好的工作。

……那么简单的工作,不用机器人,用专门的机器不是更好吗?

你一说话就完了啦……

?

不……
我要说嘛!
我要说嘛!

好了,好了。

专用的机器是有它们的优点,

但是机器人有专用机器所没有的特点……

那就是,机器人可以随时变换工作的内容!

专用的机器只能做相同的工作……

如果工作内容变了的话,它就不能使用了,

而机器人呢,手里拿着工具,

只要人们改变一下它的工作程序,

它就可以马上开始新的工作了。

是吗?

只要做成人手的形状,拿着工具就什么都能做了。

不仅如此噢，

即使使用相同的工具，机器人也能制作大小不同的物品。

这种灵活性，只有以人手为模型的"机器人"才有呢。

也许你们没有发现，

其实这种机器人在很多地方都帮助着我们的生活呢！

原来机器人比我们想像的要多啊！

这下我比较放心了。

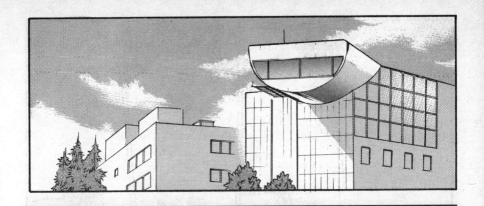

机器人是什么

这里有会走路的机器人吗?

这就是机器人吗?!

是会走的机器人,

跟我很像啊!

不像啦!

可以搬运货物！

ひょい…

嘿咻！

是的。

但是，搬运货物的工作，装了车轮的工具车不就可以做了吗？

经过特殊设计的车轮，也能够爬楼梯的。

车轮不能爬楼梯呀。

就像这样

ゴロ ゴロ

咕隆 咕隆

的确如此！！

人类为了跑得更快而制作的机器……

不是像马和猎豹那样用腿跑的，

而是像汽车一样用轮子跑。

是哦……

能在空中飞的机器也不是像鸟一样振翅飞翔的。

而是用固定的机翼飞行的飞机。

21

机器人也是一样的。

如果一开始就决定要做出一种像人一样的东西，那不是很奇怪吗？

先要有"要让他们做什么"的目的，

为了实现这个目的，就必须探索并设计出最好的构造。

······

确实如此。

吉男，他说得很有道理啊！

你不要说这种话啦！！

他在说根本没有你这种像人一样的机器人啦！

啊，糟糕！

无论如何也要找出一些没有人形就做不了的事来……

对了，

攀岩！

必须像人类那样有手有脚才能完成！

的确，车轮不能攀爬岩石……

但也并不是非要人形的才行。

只要有4条腿就很稳定。

在平地上也能比脚跑得快。

但是这种造型的机器很难跨越沟谷。

想跨越沟谷的话,可以用蛇形的机器人。

宽度在机器人长度一半以下的沟谷,他们都能过去。

蛇形机器人的躯体是可以上下左右移动的。

所以能够往高处搬运货物。

喀嚓

而且,蛇形机器人可以穿行在狭窄弯曲的地方,

这是其他造型的机器人所没有的优点。

吉男！
我都不如他们棒啊！

不可以放弃的啊！

你们怎么了？

没什么。

人类造型的机器人应该有它优点的……

你们太拘泥于形式了……

机器人并不是非要有造型才行啊！

有没有造型的机器人吗？

难道是幽灵机器人？

不是那个意思啦！

"机器人"是代替人类工作的机器。

所以，如果有什么东西能使你们平常做事情更省力的话，

就可以称作是"机器人"……

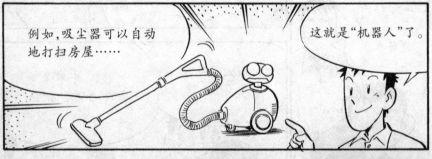

例如，吸尘器可以自动地打扫房屋……

这就是"机器人"了。

真的哦……

所以，制造出代替人们从事各项工作的机器人是一种想法……

但如果各种工具能够自动工作的话，不就不需要这种代替人类工作的机器人了吗？

说得对哦！

那样既使用方便，

又制作简单！

叫你不要说这种话了！

?

真受打击。

一定有一些事情，只有人形机器人能做，而其他的机器人都做不来的……

既然有制造人形机器人的需要，就一定有把你造出来的人。

……

我们再去问问佐吉姐姐吧。

好的。

其他机器人都做不了的事呢……

那就是什么事都能做喽!

上次不是说过吗?

工厂里的机器只做单一的工作,一旦变换工作类型,它就做不来了……

但是机器人能够综合各项工作,变换劳动类型。

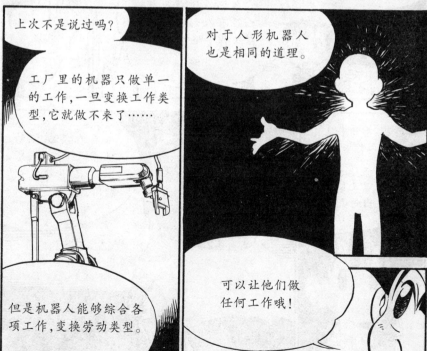

对于人形机器人也是相同的道理。

可以让他们做任何工作哦!

29

对呀!

对呀! 吉男!

虽然不能专门做一项复杂的工作,

但是却什么都能做,这就是人形机器人啊!

可是,佐吉姐姐……

这么说,现在应该已经有人形机器人在工作了吧?

虽然还没有真正开始工作,

但是已经生产出好几种了。

做与人类相似的机器人很麻烦,所以现在还都在试验阶段。

哦?!

30

晚安!

晚安!

太好了!
明天就去参观!

你看什么啦!!

可是我不需要
睡觉的呀……

你这样看着,
我睡不着啦!!

好了,你随便去躺
着也好嘛!

机器人是什么？

是代替人类工作的机器。

人形机器人工作的地方

机器人是为达到
特定的目的而设
计的机器。

因此根据工作的不同
会设计出很多造型的
机器人。

那么，
人形机器人是做什么的？

那是做……

……是梦吧

啊，不是梦呀……

早上好！

睡好了吗？

没有……

你一整个晚上都做了些什么？

看佐吉姐姐借来的书。

是关于机器人的书。

机器人真的有很多种类呢！

我大吃了一惊。

有佐吉姐姐说的在工厂劳动的机器人……

还有和"手臂机器人"不同的,只做一项工作的机器人。

专门捏寿司的"寿司机器人"。

银行的自动取款机也是机器人。

还有自动售货机。

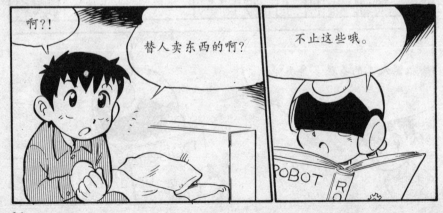

啊?!

替人卖东西的啊?

不止这些哦。

36

还有依靠人类操作的"机器人"。

啊？

如果人必须要陪着机器人劳动,那制造机器人还有什么意义啊?

就是这样啦……

由人远距离操作的"机械手",

也是机器人哦!

啊,这个也是啊?

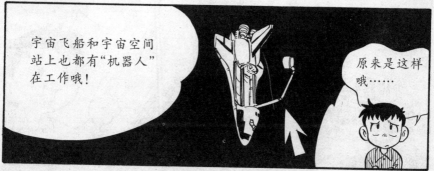

宇宙飞船和宇宙空间站上也都有"机器人"在工作哦!

原来是这样哦……

人们可以在安全的地方操作，

让机器人的手臂在危险的地方工作。

高温

低温

真空

放射线

细菌

总之，虽然不是自动的，但是能代替人类劳动的也都叫"机器人"。

除此之外，还有在人类不能潜入的深海底进行勘察的机器人。

那……

太空里一定也有了！

是的！

太空正是机器人最活跃的地方！！

和人类不同，它们不需要空气、水和食品，

可以长时间地在太空工作！

围绕月球和火星勘察……

能一直飞到木星、土星，甚至太阳系外！

行星探测器也是机器人的一种哦！！

真的有很多种的……

机器人啊！

可是，哪儿都没有人形机器人呀！

这种造型是不是没用啊？

没那回事啦！

佐吉姐姐不也说过吗，

有制造人形机器人的地方。

去那里看看就会知道人形机器人的优点了。

也能知道制造你的理由和地方了……

41

你走后我很惨呀！

你别不理我……

对不起，对不起！

你怎么没去学校啊？

因为我是机器人！

要联系你家里人才行……

可是……

我是机器！

妈妈听明白了吗？

大概吧……

是吗?

是吉男做的吧?

……

她要那样想也可以啦。

给,

这是你的票。

我们要出门了,
不要走散了。

好的。

嗨,吉男,你要去哪儿呀?

啊,是饶舌的千鸟!

喂喂,你去哪儿呀?

买东西吗?

碰到麻烦了……

你去自动售货机那儿买果汁吧!

喂,那是谁呀?

亲戚的孩子。

哗

哐当

那家伙是班上最多嘴的。

被他知道的话，你的事就会很快传开的。

门关着请注意。

プシュ、啪

プシ

ガタンゴトン

ガタンゴトン 哐当

ガタ、ゴトン 咕咚

细想一下，你没喝呀？

是的。

你虽然没喝却知道怎么开瓶呢。

跟你学的啦！

学我的……

啊！

对了！

这些事太普通了，
刚才都没注意哦！！

制造建筑物、交通工具、家具，还有工具。

机器人都是配合人类来工作的呀！

因此，人形机器人……

不需要特别的改造就能代替人类工作了！

啊?!

是呀！是呀！

要代替人类工作，人造型的是最方便的!!

……

可是为什么

人形机器人根本就没有开始被利用呀？

现在就去调查这个。

48

为什么人形机器人
还不能正式工作

喂喂,你们去哪儿了?

为了调查人形机器人的事,去了制造机器人的公司。

哎呀……

人形机器人,是电视上的那种吗?

会走路的家伙?

是的。

哎,你们问到些什么?

告诉我嘛,告诉我嘛!

…

看在我一直在这等你回来的份上,你就告诉我嘛!

是你自己要等的不是吗?

哎——
哎——

知道啦!

打扰了!

我不要果汁,红茶就好了。

你不是来听机器人的事吗?!

有蛋糕吗?蛋糕。

说吧,说吧!

我听着呢!

总而言之,

现在已经有好几种人形机器人了。

但是市场上都没卖。

那是为什么呀?

价格太贵了。

那也算是一个原因吧!

人形机器人才刚学会用两条腿走路!

哎,像小孩子一样?

是的,

人类可以很自然地走路,但是让机器也这样走就很困难。

走路有那么难吗?

你知道什么是"重心"吗?

重心远离双脚的话……

"重心"就是物体内各点所受重力产生的合力的作用点。

人之所以能站着,就是因为双腿一直支撑着这个重心……

人就会摔倒。

52

夸张耶，

只是站着，又不是什么了不起的大事。

但是人不是像陈列品那样固定着的，

你看稍微摇晃一下还会变回原来的样子。

而且，只要脚稍微往前移一下，重心就会偏离，人就会摔倒。

人是不会摔倒的哟！

哟！

人的耳朵里面有感知人体姿势的半规管。

它一感觉到人要倒下去……

就会向大脑发送信号"要摔倒了哦！"

哔！

大脑又向身体各个部位发送"不要摔倒"的命令。

不要摔倒呀！

嘎吧！

这样就能站稳了。

可是我没有那样想过呀……

只是你没有察觉而已！

所以机器人就是模仿人的这种能力……

半规管→加速度器
倾斜器
（感觉器官）

脑→计算机
肌肉→电动机

脑

半规管

电动机

计算机

感觉器官

肌肉

感觉器官

那么，那个机器人虽然看上去只是站着不动，但实际上在不停地摇晃的吗？

是的！

是吗？

站稳了，再这样把脚朝前伸就能走了！

？

你笑什么呀？

我们平常是那样走的吗？

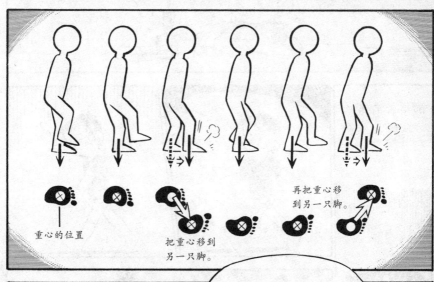

重心的位置

把重心移到另一只脚。

再把重心移到另一只脚。

这样总有点蹑手蹑脚的感觉呀！……

这样行走时重心在双腿之间不断地交换。

这时重心没有从脚心移开，所以速度慢。

4条腿的机器人也是这样走的哦！

只要在平坦的地方能走，那我们就能制造机器人了！

爬楼梯就难了。

ジ—！叽

ジ—！叽

用这种方式，走起来相对比较容易。

那平常的走路方法呢？

那样？

？

这样？

那样？

想得太多，就不知道该怎么走了……

哎呀，都不知道该怎么走了啦！

平常就是这样走的。

我们平时并不是边走边想要怎么走的呀！

制造机器人的科学家最初也是从观察人类的行走开始研究机器人的行走的。

例如，观察人们的步行速度……

去上班的人行走速度6~7千米每小时。

下班后行走速度4千米每小时。

是啊！

上班赶时间，走得快，下班后就可以悠闲地慢慢走啦！

那和研究机器人没有关系！

不知道我那样说对不对……

总之，必须先仔细地观察人类行走的动作，

然后观察人体姿势的变化。

再把各个关节固定起来，研究这时的行走。

为什么研究那个？

为了排除和行走没有关系的动作。

去掉无用的动作，机器就变得简单了。

嗯。

在这种关于行走的研究中，甚至还观察了小鸟的行走。

终于让机器人和人一样用双腿步行。

是怎么走的？

自如行走！

自如行走？

首先在立正状态把身体重心朝前移。

于是身体就往前倒……

摔倒了可不好!

咚!

这样地面对脚的反作用力就支撑住了身体。

身体往前行进,又会出现朝前倾的状态,

这次换另一条腿接触地面支撑身体。

咕隆

哗

咚

这样双腿交替,在摔倒前不断地把另一条腿迈前去。

人就是这样用两条腿走路的。

快步走时的重心移动。

哦?! 人是边倾倒边走路的吗?

通过前倾来走路,比起前面说的重心在左右腿间交替的走法要快得多。

慢慢吞吞

大步流星

快步走必须多做些额外的动作。

走得慢

走得快

有什么不同吗?

摆臂的方法不同哟!

正是!!

只出脚而不摆臂的话,身体就会旋转。

咕隆

按5千米每小时的速度快步走，如果上半身和下半身不逆向转动的话……

身体就会不稳定，也就无法行进。

人真的是能边走边做很多事耶！

机器人会不会也边走边想这些呢？

摆臂

抬腿

哈。

大概如此吧。

人什么都不用想就能走了。

人也是经过细想才移动身体的！！真的！

只是我们没发现而已。

因此，机器人要正常行走，它就必须有一个聪明的头脑。

机器人的头脑?

啊! 是计算机啦!

答对了!

正因为这 10 年间计算机技术的急速发展,

机器人才得以行走。

1980年代 —— 1990年代 2000年代

古代没有会走的机器人。

"机器人"这个名称仅有区区 80 年的历史呀!

日本の歴史 江戸前期

可是现在他们已经会走了,为什么店里还没卖呢?

那是因为……

不是说过了吗?

机器人才刚刚会走……

歷史

只会直走的机器人是无法代替人类工作的，

更先进的步行方法也正在研究中。

机器人的开发生产还有很多很多必须解决的问题。

直走

拐弯

直走

拐弯

边走边拐弯

以前的型号

最新型

所以，现在机器人还没有真正上市。

你听懂了吗？

嗯。

你听呀！

已经很晚了，

我得回去了。

总算是……

啊，糟了！

哎，对了……

哗啦

那个亲戚的孩子叫什么名字？

名字？

名字……

只是机器人而已啦！

啊，说漏嘴了！

我有名字吗？

喂！

嗯……

哦，

只野吕保人君呀……

一点都没怀疑……

太好了。

你们已经调查了很久，

这下关于机器人的事知道得差不多了吧？

人形机器人的研究

嗯……

知道是知道，可是……

最想知道的事
还不知道……

吉男想知道
什么事呢？

我们自已所做的
调查不是已经很
充分了吗？

只是
……

真的已经造出与人类
相像的机器人了！

我们想看看它们
工作的地方。

有那种地方吗？

人形机器人才刚刚会走，

但似乎还不会工作。

是呵。

丁冬!

好像有客人来了。

你先等一下!

真为难……

这样下去行不通呀。

是啊……

哈罗!

你怎么会来这里!!

我问了你妈妈，她说你在这里……

哎，你们在谈昨天说的机器人的事吗？

不要跑到别人家里来听啦！

没事的。

在向别人解释的过程中，通过别人问的问题，也许会发现自己原先没注意到的细节哦！

对呀，对呀！

……

嗯……

我口渴了，想喝点饮料！

那边有茶。

……

首先，制造人形机器人时最麻烦的……

不只是行走的问题，还有让它用手工作的问题！

比如说像这样从塑料瓶里倒饮料时需要好几个动作组合起来。

你有想过吗？

抓住　　拿起来　　捏住　　旋转

是吗？

这么一说，还真的做很多动作耶！

人手的工作，

是由好多细小的动作组成的，

只是我们平时没有注意到而已。

用手指按

用手心按

握紧

捏住拉、按

用手指弹

抓住拉、按

怎么了？

制造人形机器人，

除了解决走路问题，还必须让它的手工作呀！

是的，

要代替人类工作，就必须学会人手的动作……

虽说不需要全部，但也必须模仿相当多的功能才能代替人类工作。

人形机器人，

还真厉害耶！

可是,工厂里不是有手臂机器人吗?

那个另当别论啦!

要让它做其他工作时,只要更换手臂末端的那一部分就可以了。

因为只要做已设定好的一项工作,手臂机器人结构可以很简单!

那种机器人,即使不能像人那样一次做几件事情,也很好用的。

那也只要让人形机器人做一项工作嘛!

那样的话,做出人的形状就没有意义了!!

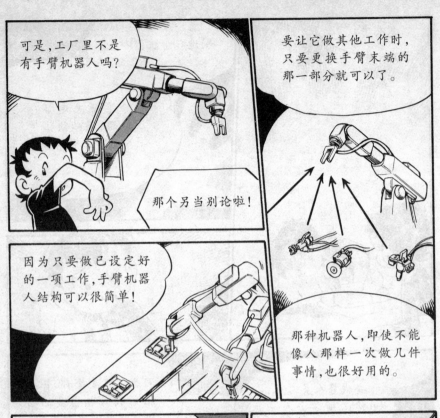

是的！

制造人形机器人，

就是要它模仿人来做工作。

因此，人形机器人不仅要会走，还必须有能做精密动作的手和支配它们的头脑。

还不止这些哦！

哦？

如果机器人要在家里工作，还有很重要的一点不能忘记！

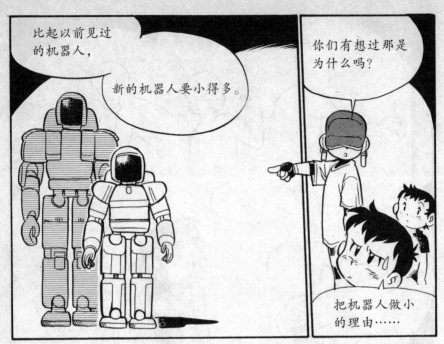

比起以前见过的机器人，

新的机器人要小得多。

你们有想过那是为什么吗？

把机器人做小的理由……

小的比较便宜！

那又不是像肉一样称斤卖的东西！

不过，小的比较轻，轻一点会不会有特殊的意义呢？

是的，

在家里工作的机器人，如果不轻一点的话……

有不管发生什么意外事故都能应付自如并控制行走的头脑。

走很陡的坡也不会摔倒。

撞了人也不会倒。

有像人一样巧的手，还有能灵活支配它的头脑。

使用工具。

做细小的工作。

能在瞬间判断出危险，并保护人的头脑。

贾和化起在家中

生活、工作，就必须具备这些功能。

事实上目前支持这些功能的技术都还只在起跑线上。

要把这些全部实现很困难呢！

在短时间里，好像还做不出这种机器人呀！

你不要再说这种话了！！

啊,对不起!

哈哈

? ? ?

这么一说,我究竟是从哪儿来的……

为什么而制造的,我完全都不知道……

哈哈

我不懂你们在说什么。

总之,要让机器人很好地模仿人类是很难的啦!

走路、用手……

哔哔!

人们不经意间做的事。

咕嘟咕嘟

让机器人做就很困难,

真是不可思议啊!

还有的机器人连一件像样的工作都不会做呢！

但是，

人形机器人如果不是能做任何工作的话……

那做成人形有什么意义啊！

有两条腿能走路，但却不工作……

没做工作也很有用呀！

不工作却起作用的机器人！？

那是什么呀？！

80

不工作的机器人是什么

喂！

是这个吗？

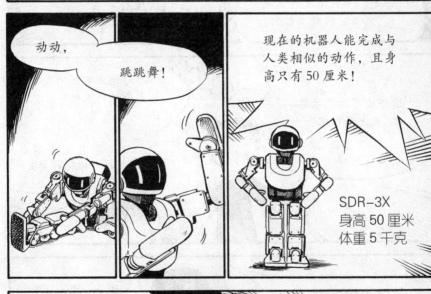

动动，

跳跳舞！

现在的机器人能完成与人类相似的动作，且身高只有50厘米！

SDR-3X
身高50厘米
体重5千克

这么小的体型确实不适合搬运货物、完成工作呢！

为什么要制造这种不能工作的机器人啊?

你们认为"工作"就只是搬运货物吗?

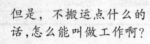

......

但是,不搬运点什么的话,怎么能叫做工作啊?

这个公司生产录像机、激光唱机吧?

那为什么突然间要生产机器人呢?

而且还是不会工作的机器人。

你怎么什么都要问啊!

这是一个挺不错的问题!

我们公司生产机器人的原因之一，

就是希望把这些电子产品综合利用。

什么？

这些产品使用的好多部件都能挪到机器人身上。

例如 CCD（电子耦合器件）就可以用作机器人的眼睛。

还有，

我们公司生产的游戏机也可以用在机器人身上。

我有，我有！

我有空间大战第1代，还有第2代！

可是，

游戏机和机器人有什么关系啊？

机器人里面的内容和游戏机一样吧？

怎么可能！

不过，游戏机做的工作……

会是什么呢？

游戏机的工作？

游戏机不可能工作的啦！

不想工作和学习的时候就玩游戏机，

游戏机是拿来玩的！

就是这样！

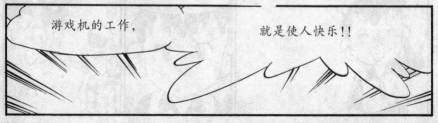

游戏机的工作，

就是使人快乐！！

没错，

做这种工作的机器人已经诞生了！

除了普通的游戏机外，能使人快乐的机器……

就是机器人了。

使人快乐也算是"工作"？

讲故事、说相声、

唱歌，还有演电影、做游戏……

全部都是使人快乐的工作！！

这些事情，

尽管生产用不上，但都是对人有益的呢。

是吗……

还有这种工作呀?

我都没发现。

做成这种体型的,就算它摔倒了也不会弄伤人。

体型小的做起来也比较简单。

你真的觉得小的比较好做吗?

那我们来做个小实验!

看看短的杆和长的杆……

哪个比较容易立起来?

呀，太短了就立不起来了呀！

对吧？

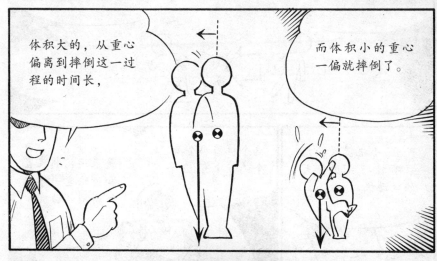

体积大的，从重心偏离到摔倒这一过程的时间长，

而体积小的重心一偏就摔倒了。

小机器人，从接受外界信息到移动身体所花的时间，

必须比大机器人短才行。

所以，移动身体时如果一个部位一个部位地移就太慢了。

脚

手

身体

这个机器人在移动身体的同时，会不断地调整姿势。

这就是全身协调控制。

而且，小机器人必须装有轻巧且功率大的电动机。

这个机器人全身24个关节中有22个，

是采用控制装置和齿轮盒一体化的新型电动机。

是呵，小机器人必须小巧灵活。

可是,你们研究了这么久,它还只会跳舞吗?

我们把跳舞和模仿人的动作叫做"运动娱乐",

通过动作使人快乐。

接下来我们准备开发的是"交流娱乐"的功能。

交流?

虽然现在机器人还只能做简单的动作……

接下来,我们想让他们在与人的对话过程中做动作。

按照主人的命令摇摇头啦……

模仿人的动作啦等等。

能和人说话的
机器人呀?!

太厉害了!

能够做到与人对话就
已经很完美了。

......

现在他们还只能讲
20个左右的单词,

不过会渐渐增加的。

但是,只记得单词
还不能算是真正
的机器人。

造出能通人性的机器人
才是我们的最终目的。

啊?!

机器会通人性吗?

准确地说,应该是"能
理解人的心情"吧。

因为说话时的表情、声调不同，一样的单词也会表达出不同的意思，对吧？

嗨！

喂！

哎。

机器人可以看着人的表情，做出与人一样的反应。

高兴的时候和人一起高兴……

悲伤的时候和人一起悲伤的机器人。

做到这一点，就算实现了"交流娱乐"的功能。

简直跟人一模一样啊！

是的，

人们通常会觉得跟自己相像的，

或与自己动作表情相似的东西很可爱。

没错没错，就是这样！

93

用两条腿走路的人形机器人最大的优点是……

能够给人安全感。

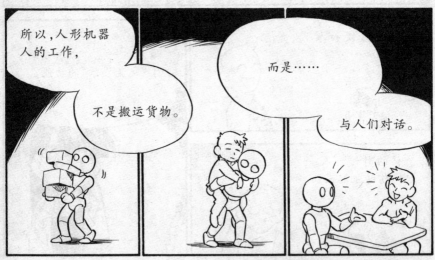

所以，人形机器人的工作，

不是搬运货物。

而是……

与人们对话。

人形机器人最本质的工作还是使人快乐！

这次采访看来对了解你的事有些帮助耶！

"使人快乐的机器人"呀，

科学研究确实在往这方向上发展呢！

我应该也是那种机器人吧！

吉男，你看！

邻居家新装了栅栏……

你绝对不是那种机器人！！

啊，等等我！吉男……

95

是在嫉妒佐吉姐姐吧？

妒忌什么呀？

等等我啦！

做人类的朋友……

有心的机器人，做不出来的吧？

有心的机器人

做相同的工作，专门的机器（机器人）绝对比人形的好用！

制造起来也比较轻松，又便宜。

这么说，做人形机器人就太麻烦了。

所以，人形机器人除了要很好地完成工作以外，还必须有其他一些优点才行。

它们是与人类相像的……

使人有"亲近感"，不是吗？

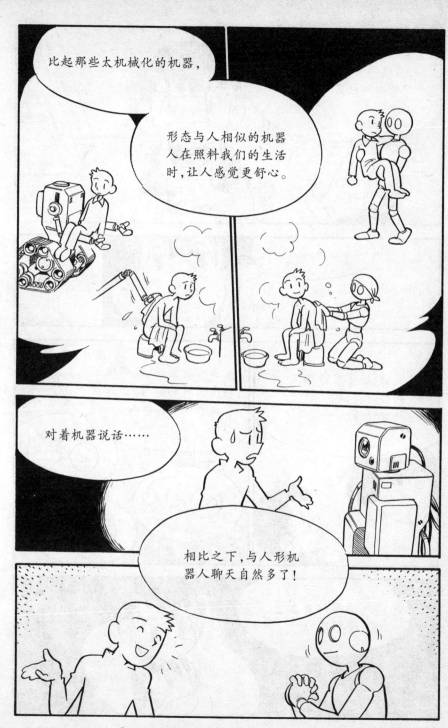

再进一步的话，就是
"有心的机器人"了！

心呀……

就像上次采访到
的会"交流娱乐"
的那种吗？

和人聊天时，能够理解
人当时的心情，并且作
出反应的机器人？

我想的有点
不同耶……

现在的机器人，就只能根据情况做出已经设定的动作。

看起来好像是这样，但要作出回应，实际上不是这样的。

不预先准备好答案，而是让机器人随时直接反馈接收到的信息。

这个好像不太可能做到耶……

那，机器人真的能感应到人所想的吗？

机器人做不到吧！

那也太勉强了吧！

我有听过这事哦！

啊?!

真的吗？

去看看不？

到哪里去？

……

这儿早在几十年前就开始研究人形机器人了。

用两条腿走路的机器人就不多说了……

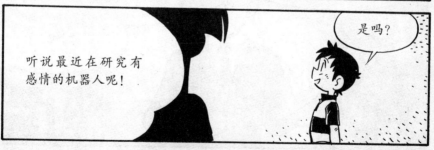

是吗?

听说最近在研究有感情的机器人呢!

太好了,这次一定要抓住线索!

什么线索啊?

你干嘛又跟来呀？
老是这样！

又没什么关系。

总之呢，你们
认为……

机器人不能像人那样
感受到高兴、悲伤这
些心情，

对吧？

是的。

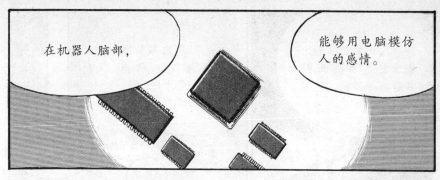

在机器人脑部，

能够用电脑模仿人的感情。

必须把人的心理活动转换成数字信号，才能进一步编成程序。

把心理活动转换为数字？

考试考好了就"80分高兴"；

吃到好吃的东西就"100分高兴"？

这样怎么能做成程序！

那是怎么样的呢？

快乐

一般

沮丧

应该是这种感觉，对吧？

每个人对自己来说，快乐还是不快乐是不会感受错的。

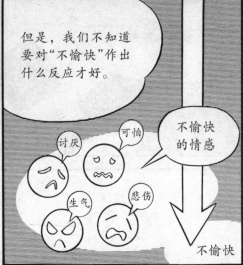

但是，我们不知道要对"不愉快"作出什么反应才好。

讨厌

可怕

不愉快的情感

生气

悲伤

不愉快

既生气又讨厌时就"害怕"地哭起来。

你在说什么我都听不懂啦！

还是必须要根据其他的标准来区分这些反应。

零乱

接下来，用2个标准来划分情感。

分散

分散

从线的划分到平面的划分

即使这样，也还会有一些情感没法归入任何一类……

再接下来，用3个标准来划分情感

这样大体上就能把情感都区分开来了。

从平面的分类到立体的分类呀！

准确

清醒

不愉快

愉快

不清醒

不准确

准确或不准确：代表对方有没有清楚地表达感情。

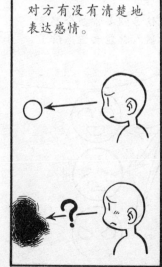

清醒或不清醒：代表对方的感情有没有引起注意。

把这3项组合起来就能把感情转换为数字了。

比如说呢？

108

这个时候,如果能做出程度不同的反应,那就是机器人的个性了。

就……就是这个了!!

可是,机器人为什么要有感情呀?

像人一样

机器和人的本质是完全不同的,

所以彼此就不了解。

对于人们必须要熟悉但又复杂的机器,机器人能反过来教我们怎样使用它们。

因此把机器人做得更接近人,

于是……

从外观看很难理解的机器,机器人也只要看一下就能掌握情况了。

人形的机器人和普通的机器比起来，没用的部分挺多的。

但是机器和人类之间的关系肯定会有全新的变化！

不是人类去适应机器，

而应该让机器来适应人类。

像容易生气的电视啦，

爱哭的洗衣机啦……

这项研究如果成功了，那就不只是人形的机器人，就连其他的机器和人类的关系也会发生变化。

不是那个意思喔！

如果实现的话……

会吗？

哎……

有的机器人,如果你叫他们做事情,他们不愿意做,还伤心起来,

那不是很难办?

或者对于你很介意的事,它却毫不留情地讲出来,那你不是很生气?

如果真正成为朋友的话,

就不会有这种问题了。

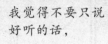
我觉得不要只说
好听的话，

坦诚地交流会比较好。

吉男！

我是从哪儿来的，

我觉得我好像
已经知道了。

从哪儿来的？

你想出来了吗？

制造人形机器人的目的

我不知道从哪儿来的。

不过……

不可能没有目的地制造机器哟。

……

吉男！

你说人类制造我的目的是什么？

你呀……

你肯定是……

找朋友的话,做人类的朋友真好啊!

吉男和千鸟不就是一对很好的小伙伴吗?

你在胡说些什么!!

对了,机器人可以照顾老人和病人……

机器人虽然能24小时工作,但是制造我们要花很多钱呀!

人形机器人

那样的话,人们不是会很高兴吗?

就只是想让机器人做这些工作吗?

真的有让我这种机器
人做的工作吗？

……

是啊……

在工厂工作的机器人没有必要走动，只要有手臂就可以了……

要移动时，比起双腿，用车轮跑会更简单、更快。

人形机器人虽然什么都能做……

但是不管做什么都比不上专门的机器呀。

118

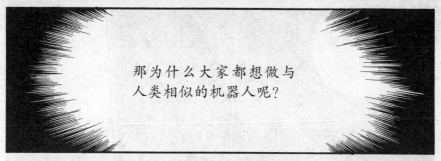

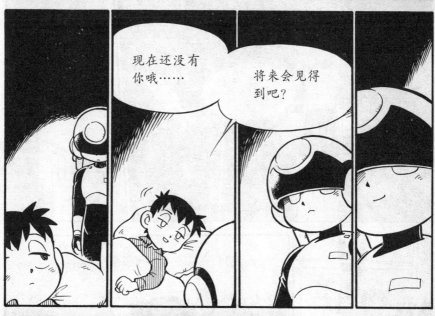

是呵，

机器人是代替人做事情的。

让人们远离危险的环境。

"机器人"听起来很特别，但是仔细想想，它们是很方便的工具。

这个我知道了呀！

虽说是工具，但是如果没有实用的目的，也就没有制造它的意义了。

那人们为什么还要研究没多少用途的人形机器人呢？

机器人是机器，

是工具……

只要能够达到目的，还是采用最简单的机器比较好。

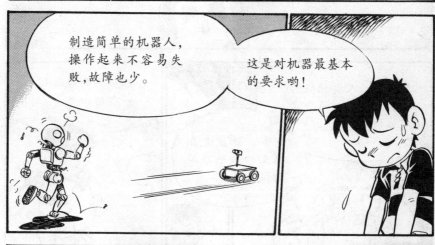

制造简单的机器人，操作起来不容易失败，故障也少。

这是对机器最基本的要求哟！

是呀，

不管做什么工作，都没有必要用人形机器人这种复杂的东西呀！

如果是用于娱乐玩耍……

现在的机器人又做不了细致的工作。

123

但是,研究人形机器人很有意义哟!

……

有什么意义?

要制作与人类相似的机器人,就必须研究人体构造。

例如,你试着在站立时水平转动脚踝看看。

从腿到脚后跟都一起转动吧。

嗯。

接下来,坐在椅子上,像刚才那样转动脚踝看看。

咦?这次只有膝盖以下的部分转动了!

膝盖像个锁,转过了头就会脱白。

……

然后呢?

平时没注意到这些吧?

不知道吧?

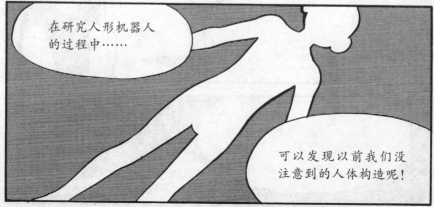

在研究人形机器人的过程中……

可以发现以前我们没注意到的人体构造呢!

有点像上次讲过的"心"的话题。

对机器人的研究，

也是对人类自身的研究。

比如像结构精密的假手、假腿，

这些研究的成果就成为对人类有现实作用的东西啦！

所以，研究人形机器人绝不是白费劲！

即使人形机器人不能制造成功。

就算有研究的意义，也不一定要做出人形机器人啊……

机器人的确没有必要长得像人呀！

只要能够代替人类工作，就是好的机器人！

可是……

将来真的会有那种机器人吗？

127

你干吗傻傻地呆在路中间啊?

千鸟啊……

你不要吓我嘛!

你今天没有跟那个只野在一起啊?

他……

回去了。

去哪儿了?

到他出生的那个时代去了……

?

?

哎……

是吗?

?

我做就好了。

人体能够活动的部位

有人形机器人陪伴的未来

这就是"自由度"吗？

自由度减少的话，动作就会被限制。

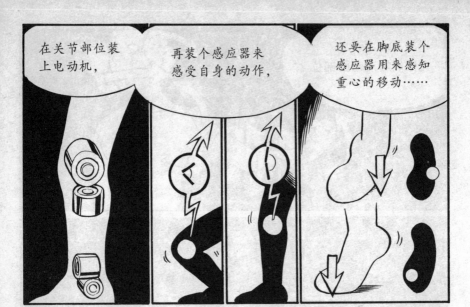

在关节部位装上电动机，

再装个感应器来感受自身的动作，

还要在脚底装个感应器用来感知重心的移动……

然后再装个可以随时感受到身体的倾斜与动作的感应器。

这样，机器人自己就能知道要怎样做动作了。

那样一来，在行走的时候，可以保持全身平衡不致摔倒。

他做得到吗？

可是……

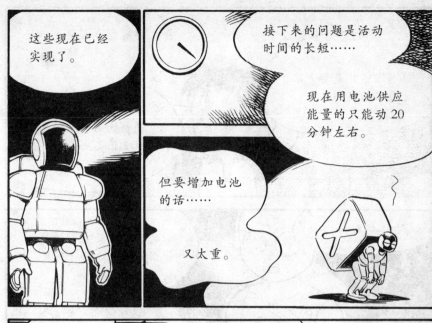

这些现在已经实现了。

接下来的问题是活动时间的长短……

现在用电池供应能量的只能动20分钟左右。

但要增加电池的话……

又太重。

对了!

不用电池，用发电机吧!

就能长时间地持续运动了!

哎呀!

在屋子里使用发动引擎的话，一不小心会不会一氧化碳中毒啊?

这好像解决不了问题呀……

嘟嘟!

嘟嘟!

而且，

机器人不只是要走路，还要工作呢……

要有能非常快速地处理信息的头脑……

高性能的小型计算机也很需要。

和人们对话。

它的头脑必须能够边感知周围的情况边进行判断，

这就需要有更高的性能才行。

制造与人类相似的机器人还是很难呀……

啊……

不过，一旦解决了这个问题，是不是就能造出人形机器人呢？

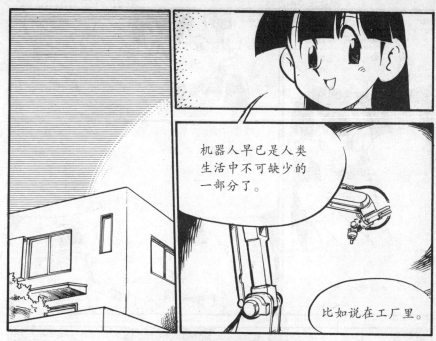

机器人早已是人类生活中不可缺少的一部分了。

比如说在工厂里。

专在危险的地方工作的无人机器，

还有宠物机器人。

虽然不完全像人，但是已经开始制作专门从事警备和扫除工作的机器人了。

嗯……

我想科学研究的趋势是不会往后退的。

机器人会越来越多的。

嗯。

你所说的那种人形机器人

也会很快来到我们的生活当中。

可是,只有人形这么个优点……

做到这一点已经很难了呀!

的确,制造人形机器人还需要很长很长的时间。

还是不行呀……

不过不要灰心呀！

从第一架带发动机的飞机起飞，不过50年的时间，飞行速度就已经突破了声速。

从人类第一次飞向太空开始，只过了10年时间人类就已经登上月球了。

我们不知道什么时候会在技术上有突破性的进步。

话虽这么说，但如果研究没有目的，也很难有进步呀！

嗯……机器人是人类制造的。

没有制造目的嘛……

你不要想太多了哟!

吉男!

还是不行呀……

就比如手机吧!

手机?

在它刚刚问世时,人们也不懂什么时候用它才好,众说纷纭……

随着使用它的人不断增加,新的功能不断被开发出来,

现在它已经成为生活中不可缺少的东西了。

不知道未来会变成什么样子。

如果可以，我想去有人形机器人工作的未来！

什么样的未来？

如果我知道的话，就有调查目标了。

要说机器人比人更优越的地方……

它不用呼吸、不用喝水、不用吃饭。

不会因为这些无聊的理由而造机器人的！

哦。

是呀!

有了!

非要人形机器人才能做的工作!

不远的未来

月球上的宇宙飞船

从 512 号开始的舱外检查怎么办？

最后检查，从 345 号到 472 号检查完毕，

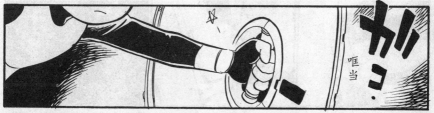

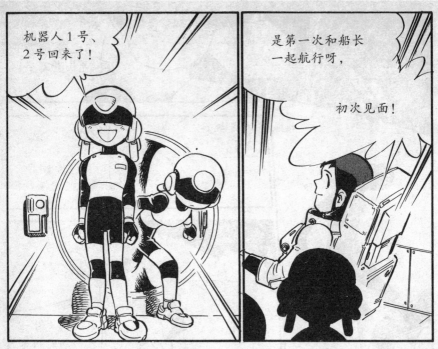

机器人1号、2号回来了！

是第一次和船长一起航行呀，

初次见面！

接下来的6年请多多关照啦！

？ 船长，

我脸上沾上什么东西了吗？

没有……

宇宙飞船真的很需要你们这些机器人呀……

我在想。

没问题!

和你聊得很好哟!

是吗?

再次请你多多关照!

吉男船长!

这些

有可能的哟……

水流去哪儿了

咕隆咕隆

啪嗒啪嗒

吧叽吧叽

嗞

嗞

哗啦

哈,彻底干净了!

亮晶晶!

干净的房间真让
人心情舒畅呀!

146

ぺたっぺたっ
吧嗒吧嗒
ぺたっ
哐!
喂，
你干什么呀?
这话应该我说才对!!
随便跑进别人家里又乱打人……
那你把污水倒进别人住的地方就对了吗?
住的地方?

街上常看到的圆盖底下……

浴室和厨房的废水

雨水

厕所废水

污水在一个大污水箱里汇合后才流入下水道。

汇合后全部流入大下水道。

厕所的臭水也混在一起啊!!

扑噜 扑噜

有的管道只收集雨水。

污水　雨水

有的直接流入河里。

不过,污水要被送到……

污水处理厂处理。

咕噜

咕噜

哈,到了!

咕噜　　咕噜

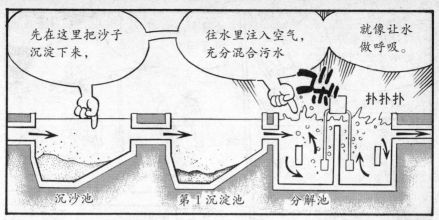

先在这里把沙子沉淀下来，

往水里注入空气，充分混合污水

就像让水做呼吸。

扑扑扑

沉沙池　　第1沉淀池　　分解池

空气能使污水变干净吗？

不是那个意思！

咕嘟

这泥土里生长着很多的微生物，

注入空气后微生物就有精神了。

咕咕隆隆

咕咕隆隆

微生物会吃杂质。

微生物吃掉或沾上杂质后，结成块沉淀下来，

就可以分离出干净的水啦！

再用氯消毒……

第2沉淀池

151

经过这些程序，污水才流到河里。

和原先的污水比起来，真的干净多了呀！

这样不是没什么问题吗？

好像是哦……

看起来确实是干净了……

可是，你以为水里的污质就只有看得见的东西吗？

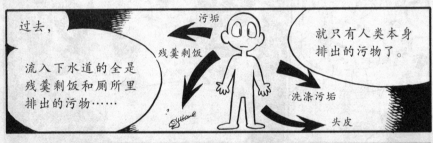

过去，

流入下水道的全是残羹剩饭和厕所里排出的污物……

污垢

残羹剩饭

就只有人类本身排出的污物了。

洗涤污垢

头皮

但是，人们现在为了方便生活，做出了许许多多的化学物品。

化学药物

农药

它们中的一部分流进河里。

这些药品在污水处理厂不能被完全处理掉。

那些污质都去除不掉吗？

泥土
残羹剩饭
生活垃圾
杂质

污水处理厂

农药
化学药物

也不是完全没有办法。

有很多会吃污质的微生物。

其中就有一些会吃化学物质……

吃剩菜剩饭

吃金属

吃化学药物

那不是就没问题了吗？

全吃完要花很长时间！

慢吞吞

吧嗒吧嗒

9月
1 2 3 4 5
6 7 8 9 10 11 12
13 14 15 16 17 18 19
20 21 22 23 24 25 26
27 28 29 30

8月

而且！！

不仅如此，在日常污水中还存有洗涤剂中的磷和氮等物质，它们也是个问题！

就算再有营养，

太多了也不行呀！

这些物质不是微生物的食物吗？那增加了也没问题呀！

吃得太饱的微生物很快就会死去，它们的尸体又污染了水。

你有听过"赤潮"和"绿藻"吧？

不过，要把河流和海洋都填满的话……

也没多大麻烦呀。

团团转

ぐるぐるぐる

可是，

过去没有污水处理厂，

污水不就直接流入河里吗？

过去和现在不同，过去污染少。

你不要和现在的污染情况相提并论啊！

而且,过去的河水自己清洁的能力比较强。

草和树吸收污质。

大量微生物吃掉污质。

大的杂质被鱼吃掉。

杂质沉入河底来过滤污水。

这些方式,现在都不容易实现了。

河底和河岸都用水泥加固了，

河流就只能任由污水那么流了。

咕噜

咕噜

可是，人们不是建了污水处理厂了吗？

你用加减法算一算就清楚了。

$$10000 - 9999 = 1$$

只有一点点的污质被消除，

如果一直持续下去的话……

地球就会全部被污染了。

但是，我们不能不洗衣服、大扫除和做饭呀！

可以先把油擦干了再洗。

再把擦过的纸扔进可燃物垃圾桶里。

不要让残羹剩饭流进排水口。

用网过滤。

洗衣服和大扫除时也不要乱用洗涤剂和肥皂。

并不是洗涤剂用得越多，污垢就去得越干净。

哗啦哗啦

如果每个人都能注意这些的话，

下水道就会变干净了。

河水也会干净了。

河流、池塘，

大海，

都因为你们而变得干净了。

怎么样， 这是多么好的事呀！

嗯……

可是,很麻烦!

亮闪闪

家里干净就可以了,

脏兮兮的河流湖海
看不到就不管了!

到处都是泥

ド口 ド口

159

也就是说,如果地球上的水被污染了……

那人体内的水……

也会被污染的!

知道了这些你还随便污染水啊?

不要装做不懂的样子!

我都说了这么多了,如果你还想污染水的话……

那就随便你吧!

扑通!

トプン!

再见!

……

知道了啦。

可是……

我该怎么从这里回家呀?

△△町 下水处理厂

如何把污垢除净

肥皂和洗涤剂有哪些不同呢?

肥皂是四角形的,

而洗涤剂不是粉状就是液体。

那"皂粉"是什么呢?

它们去除污垢的方法不同吧!

有道理。

有可能

那么,肥皂是怎样去除污垢的呢?

洗涤剂又是如何去污的呢?

你知道了吗?

不知道。

肥皂也好，洗涤剂也好……

都能去除污垢，都很好。

有说等于没说！

不不不，其实她说的……

没错哟！

砰！

我，是洗涤专家！

请多关照！

让我给你们说说肥皂和洗涤剂的不同。

它们的成分不同，

但是作用是一样的。

去除污垢？

别吵！

我想听他说啦！

我示范给你们看。

水和油是不会混在一起的。

你突然间说什么呀？！

好啦好啦，

话要听到最后嘛！

我说油不会混到水里去……

因为，油污不会溶解在水里，

仅仅用水是洗不掉油污的。

水

水

油污

布

这个水和油的分界线……

叫做"界面"。

这是必须设法做到的事。

界面。

可是,油会排斥水啊……

手脚都伸不出来啊!

那用油去洗油污,就不会排斥了嘛!

滴滴答答

干洗就是用这种方法。

不过,如果不选择特殊的油的话,只会把脏的油变成干净的油,

但是衣服上仍然沾着油。

黏糊糊的

DRY

穿上去都是一样的脏啦!

心情好差哦!

衣服被油浸过,碰到皮肤使人很难受。

而且不透气,穿上它就感觉全身冷冰冰的。

冷得发抖

165

这样看来油虽然能溶解油,但那不是没意义吗?

油和水要是能相溶就好了。

那样……

水和油是互不相溶的代表物!

吃西餐时就算加了调味料也没法让油和水不分离的。

咕咙

咕咙

蛋黄酱呢?

！

蛋黄酱里的醋和油在一起,就不会分离。

油

醋

蛋黄酱

和只加调味料的不同之处……

鸡蛋?!

对!

蛋进入油和水中间,调和二者的关系,油就能溶于水了!

水

油

能调和它们关系的就是界面活性物！！

界面活性物？！

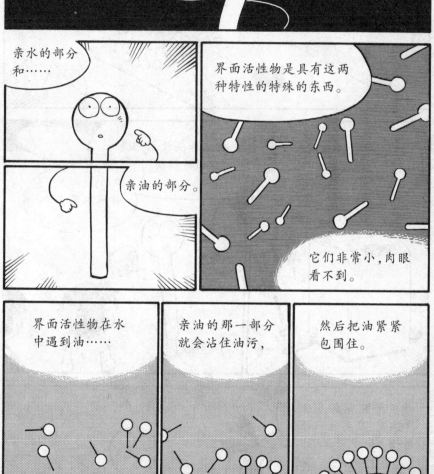

亲水的部分和……

亲油的部分。

界面活性物是具有这两种特性的特殊的东西。

它们非常小，肉眼看不到。

界面活性物在水中遇到油……

亲油的那一部分就会沾住油污，

然后把油紧紧包围住。

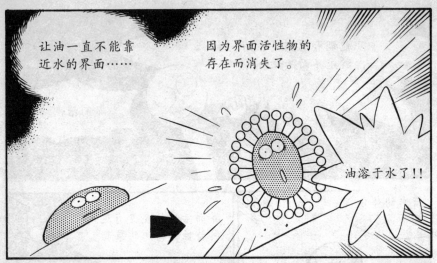

让油一直不能靠近水的界面……

因为界面活性物的存在而消失了。

油溶于水了！！

这样一来,污垢就溶于水而流出来了。

哗啦！

肥皂和洗涤剂都是"界面活性物",

种类不同罢了。

那不要做那么多种洗涤剂,只要做一种超强力的就可以了！

不仅仅要去油污的。

使用作用太强的界面活性物的话……

头发乱蓬蓬的。

皮肤干巴巴的。

变成那样了。

呜……

怎么样，不是作用越强越好吧?

一样的东西，为什么还要分成"肥皂"和"洗涤剂"呢?

皂粉

液体洗剂

强力洗剂

洗涤剂品种很多，肥皂也是其中一种。

也可以不叫它"肥皂"。

"肥皂"有很长的历史，

洗涤剂是最近才有的。

肥皂有那么长的历史吗?

最早出现在3000年以前……

啊!

古时候烤肉时，油落到灰里，形成了类似肥皂的东西。

啾!

啾!

油和灰形成了肥皂？

确切地说，它是脂肪酸和强碱起反应的结果。

因为油和灰里分别含有这两个物质，就偶然形成了。

油（脂肪） → 甘油

油（脂肪） → 脂肪酸 → 肥皂

灰 → 钠、钾 → 肥皂

除此以外，还有用灰水（掺了灰的水）来洗衣服的。

油污和灰水里的碱生成了像肥皂那样的东西，去除了污垢。

听起来好有意思哦！

也让我用用以前的肥皂！

这是什么呀！！

臭臭的尿尿。

咔！

つ～～ん

这里面含有氨和碱，所以过去也有用它来洗的。

够了，扔了它！！

不过，用油和碱做成的肥皂也有弱点。

特别是在欧洲，过去人们用肥皂很难去除污垢。

欧洲

非洲

为什么？

水质不同。

欧洲的水大多是硬水，所以肥皂的去污力很难发挥作用。

硬水？

硬的水……

冰？

不对，不对！

是含有钙和镁等金属元素的水。

这些成分和肥皂的成分结合在一起，肥皂的洗涤力就失去了。

这么说来，温泉水就不能和肥皂一起洗东西了。

于是，人们用石炭做出了合成表面活性物，这样即使是硬水，也不会使洗涤力消失。

在 20 世纪初

烷基，萘醋酸

洗涤剂的历史真短呀！

洗涤剂最早是在 19 世纪出现的，但当时没有推广。

此后以石油为原料的洗涤剂的种类增加了。

打败了肥皂，被推广到全世界。

于是,我们就可以过上清洁的生活了。

舒服!

麻烦的事又来了。

为了使洗涤剂有更强的去污力,人们又添加了磷酸盐。

磷是植物的肥料。

磷
磷
磷

所以,含有洗涤剂的污水流到的地方,长出许多藻类浮游物。

鱼的食物增加了,不是很好吗?

没那回事!

大量的浮游生物夺走了水中的氧,鱼都死光了!

咕噜咕噜!!

死去的浮游生物和死去的鱼,渐渐又加重了水污染。

173

把东西洗干净的洗涤剂……

却又污染了河流和湖水。

好可怕呀！

这之后，人们就发明了无磷的洗涤剂。

无磷洗涤剂

洗剂

这下可以放心了！

可事情不是那样简单呀！

合成的表面活性物里含有毒的东西。

就算没有毒，它在自然界里被分解时也会用掉氧气。

氧气

氧气

氧气

即使不含磷，合成洗涤剂也不好呀！

用石油做的洗涤剂……

对环境不好吧?

最近有了用椰果做的洗涤剂耶!

这样对环境也好!

我们这里好像还没有啊!

原料不同,但做出来的东西都一样的话,就没有意义了!

A B

那要怎么办才好呀!!

让我们重新来看一下肥皂吧。

咦?这个不像是人造的,像是自然界本来就有的东西。

我希望你能仔细观察一下!

还有什么吗?

量用得再多,也是一样的结果。

在自然界无论多么容易被分解的物质,

如果太多了也会分解不完而扩散的。

不但要方便、干净,

请不要忘了水排去哪儿了!

太简单啦!

都不用肥皂和洗涤剂的话,对环境就好了!!

对人不好呀!!

球的翅膀

打中我了!!

嘭!

好奇怪呀……

有什么好奇怪的!!

我本来想投曲线球的……

你怎么投的嘛!

我不知道怎么投,就直直地扔不是吗?

唔,曲线球的投法嘛……

像这样,手指按住接缝,

旋转地扔出去。

是啊，就是那样的！

你又不懂，投什么曲线球！！

如果把球反过来旋转，方向就会发生变化。

......

可是为什么球飞出的路线会弯曲呢？

不是在旋转着吗？

在空中？

旋转和空气有什么关系呢？

怎么看它都没有翅膀嘛！

如果有呢？

像飞机那样飞？

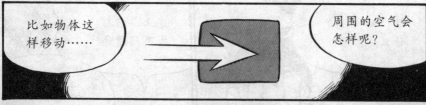

骑自行车快一点, 就会感觉自己和空气相撞。

确实是这样。

你观察得很仔细!

那么, 这个时候你背后的空气是什么样的呢?

背后……

背后没长眼睛, 不知道呀!

有眼睛也看不见空气呀!!

用水做个实验就明白啦。

啊!

漩涡出现了!!

看……

嘶

嘶

咕噜咕噜

空气也是一样，在运动的物体背后形成漩涡！

漩涡在背后打转后又会怎么样呢？

漩涡中心有一个引力。

只要看看龙卷风和漩流就会明白它的威力啦！

正在移动的物体……

正面与空气碰撞后，前进就会受到干扰。

而身后的空气漩涡也会干扰前进。

确实如此啊!!

可是,这和球有什么关系呀?

我还有很多话没讲完呢!

那么!!

要怎么做才能不受空气干扰呢?

这个嘛……

让空气平稳地流动就可以了。

要把飞机做成流线形就是这个原因啦!

没错!

让空气从前往后平稳地流动……

把空气的干扰减到最小!

不过，这世上大多数东西不是流线形的！！

不管怎么样，都会形成漩涡，往后拉！！

那要怎么办才好啊？

嗯……

除了改变形状，没别的办法吧……

把空气粘起来就好了！

怎么粘呢？

粘合剂？

空气怎么能用粘合剂粘呢？

不过，她的想法是对的哟！

空气这样流下来，就会产生漩涡。

所以，像这样抓住它就可以了！！

那到底要怎么做呀?!

制作漩涡。

有了漩涡不是很麻烦吗!?

为什么还要再做漩涡呢!?

不是啦,不是做造成麻烦的大漩涡,

是做小漩涡。

像这样把空气抓下来时,

在物体表面做些小突起,就会产生小漩涡。

用这些小漩涡的力量把空气粘起来!!

紧密

ぴたり

185

这个就是……

漩涡发生装置

涡流发生器。

它本来是用在飞机技术上的，可以强行粘住机翼周围的气流……

不让漩涡形成干扰。

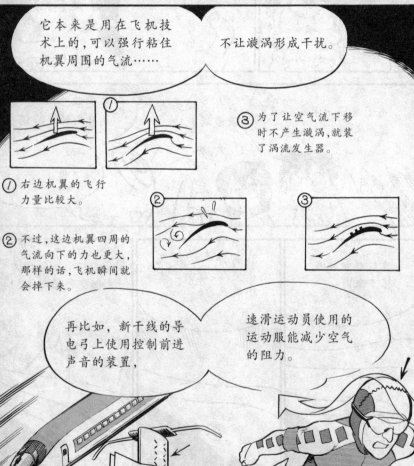

③ 为了让空气流下移时不产生漩涡，就装了涡流发生器。

① 右边机翼的飞行力量比较大。

② 不过,这边机翼四周的气流向下的力也更大,那样的话,飞机瞬间就会掉下来。

再比如，新干线的导电弓上使用控制前进声音的装置,

速滑运动员使用的运动服能减少空气的阻力。

如果没有这些的话……

新干线会因为空气的大漩涡发出噪声，

速滑运动员也破不了世界新记录了。

是吗？

那和球有什么关系呢？

接下来就要说这个了！

这些凹凸在球旋转时会产生空气小漩涡，粘住气流。

球的表面总是凹凸不平的。

棒球上有接缝，

高尔夫球表面有小四洞。

那是怎么一回事呢？

我们再回到飞机的话题上吧！

从旁边能够看到

与飞机前进方向相反的气流。

气流 ——

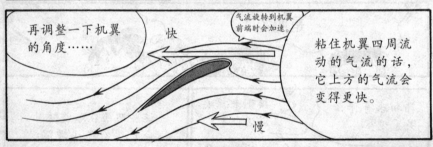

再调整一下机翼的角度……

快

慢

气流旋转到机翼前端时会加速。

粘住机翼四周流动的气流的话，它上方的气流会变得更快。

这会在机翼周围形成这样的漩涡。

不断变换位置。

在这个漩涡里，如果机翼上端的气压降低，那么另一面的作用力就会变大。

流动快
‖
压力低

流动慢
‖
压力高

真的吗？

这是想像中的漩涡。

188

看了这个,你没有发现什么吗?

那么我做给你看!

嘶!

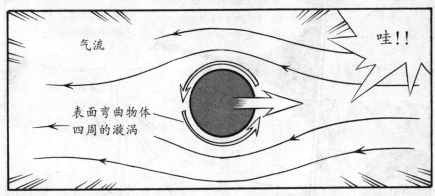

气流

表面弯曲物体四周的漩涡

哇!!

这就和旋转中的球是一样的!

没错!!

189

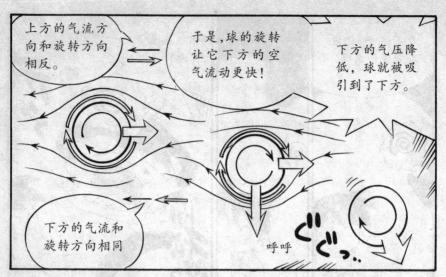

上方的气流方向和旋转方向相反。

于是,球的旋转让它下方的空气流动更快!

下方的气压降低,球就被吸引到了下方。

下方的气流和旋转方向相同

呼呼

ぐっぐっ..

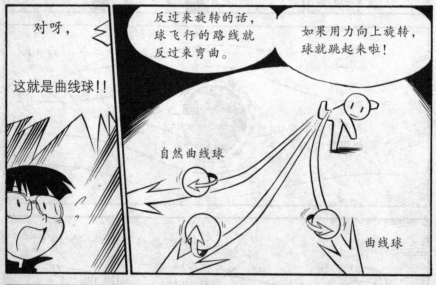

对呀,

这就是曲线球!!

反过来旋转的话,球飞行的路线就反过来弯曲。

如果用力向上旋转,球就跳起来啦!

自然曲线球

曲线球

总之,球通过旋转……

就像飞机一样在空中飞。

190

哇!!

那没有旋转的话球会怎么样呢?

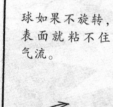

球如果不旋转,表面就粘不住气流。

空气就在球后方形成漩涡。

漩涡把球往后拉,所以球就会摇摇晃晃地减速下来。

呼呼呼

失去速度的球在地球引力的作用下就掉下来了,

直线投球时就是这样。

被空气阻挡了呀!

谢谢你,蚊香先生!

谜终于解开了!

是漩涡先生!!

啊!!

曲线球也好,
自然曲线球也好,
我都会投喽!!

嘭!

懂得道理,但不
一定会扔的……